Premio *A la orilla del viento* 1997
II Concurso de Libro Ilustrado

Primera edición: 1999
Primera reimpresión: 2002

Coordinador de la colección: Daniel Goldin
Dirección artística: Mauricio Gómez Morin
Diseño de forro: Joaquín Sierra Escalante

D.R. © 1999, FONDO DE CULTURA ECONÓMICA
Carr. Picacho-Ajusco 227, Col. Bosques del Pedregal,
14200, México, D.F.
www.fce.com.mx

ISBN 968-16-5757-8
Impreso en Colombia
Tiraje: 7 000 ejemplares

Queta la vaca coqueta

texto Martha Sastrías
ilustración Enrique Martínez

LOS ESPECIALES DE
A la orilla del viento

FONDO DE CULTURA ECONÓMICA
MÉXICO

–Coqueta soy –dijo Queta–,
pero quiero lucir aún más hermosa.
Este puente cruzaré y pronto seré una estrella,
bella y famosa.

Pero al llegar al otro lado, *¡chaz!*, un chasco se llevó.
Perdió la cola y su blanca dentadura sin una pieza
se quedó.

Lloró y lloró la vaca coqueta,
de pronto
chimuela y descolada.

–Ahora ya no podré
espantar moscas ni lanzar
una carcajada.

Un perro astuto y descarado entonces se acercó.
–¿Quiere usted una cola?, eso justo traigo yo.

–¡Qué suerte! –exclamó la vaca–.
Lo que necesito: una cola buena y barata.
Y el perro replicó–: lucirás más bella y delgada
con esta cola de rata.

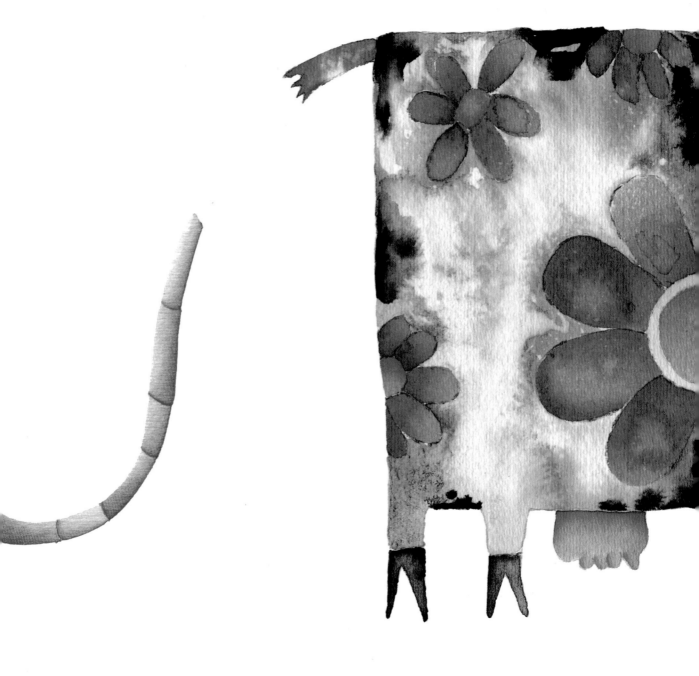

–¡Bella y delgada!, así me soñaba.
Ahora pareceré la reina de Saba.

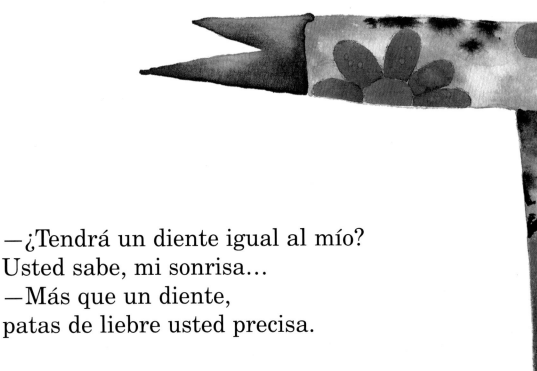

—¿Tendrá un diente igual al mío?
Usted sabe, mi sonrisa…
—Más que un diente,
patas de liebre usted precisa.

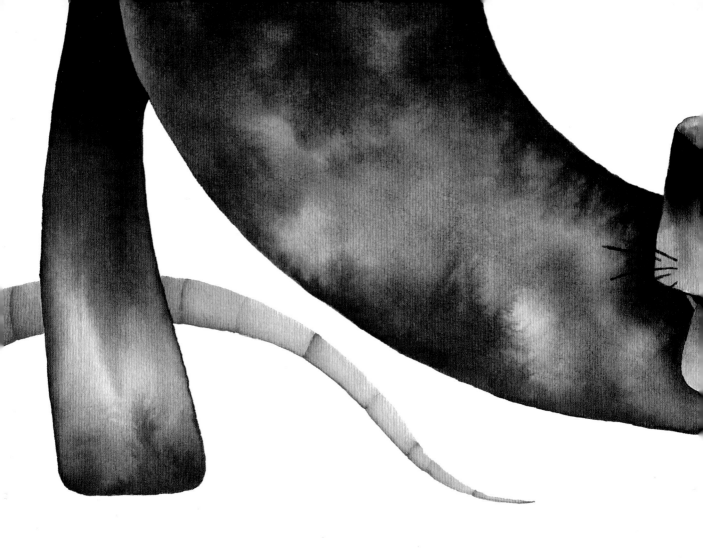

El perro ya divisaba a quien la cola le iba a quitar.
Pero la vaca aún soñaba con la fama alcanzar.

Entonces el gato goloso
en silencio se acercó.
Y el perro, divertido,
de su treta se ufanó.

La vaca chimuela, gorda y pesada,
corrió, corrió y corrió.
Pero en dos zancadas el gato la alcanzó
y su cola le robó.

A la mañana siguiente el perro y el gato
revisaban su tesoro.
–Que otros busquen la belleza,
nosotros vamos tras el oro.

–Mira, alguien se acerca.
¡Qué alegría y qué gozo!
Por el prado ya venía otro
animal vanidoso.

Impreso en D'vinni Ltda.
Agosto de 2002
Bogotá, Colombia